蔷薇集

宋建华◎著

安徽师范大学出版社
·芜湖·

图书在版编目(CIP)数据

蔷薇集 / 宋建华著. — 芜湖：安徽师范大学出版社，2021.11
ISBN 978-7-5676-5302-3

Ⅰ.①蔷… Ⅱ.①宋… Ⅲ.①诗词 – 作品集 – 中国 – 当代 Ⅳ.①I227

中国版本图书馆CIP数据核字(2021)第210733号

蔷薇集
QIANGWEI JI
宋建华◎著

责任编辑：陈贻云　　责任校对：谢晓博
装帧设计：丁奕奕　　责任印制：桑国磊
出版发行：安徽师范大学出版社
　　　　　北京东路1号安徽师范大学赭山校区　　邮政编码：241002
网　　址：http://www.ahnupress.com
发 行 部：0553-3883578　5910327　5910310(传真)
印　　刷：安徽新华印刷股份有限公司
版　　次：2021年11月第1版
印　　次：2021年11月第1次印刷
开　　本：700 mm × 1000 mm　1/16
印　　张：8.25
字　　数：103千字
书　　号：ISBN 978-7-5676-5302-3
定　　价：52.80元

读建华兄《蔷薇集》

古人论诗，强调“诗缘情而绮靡”。建华写《蔷薇集》就是深情所致。他以“蔷薇”命名诗集，缘于夫人最爱蔷薇。设若夫人不逝，建华可能就不是诗人而是一位称职的老伴。诗与生活的关系就是这般残酷。当生活美满时，你可能只是一位幸福的庸人；当生活不美满时，你却可能成为一位不幸的诗人。做一位幸福的庸人还是做一位不幸的诗人，这权力不在我们手中，我们没得选择，我们唯有接受。

建华怀念夫人的诗写出了“曾经沧海难为水”而必然是“此恨绵绵无绝期”的情感，千呼万唤，想她归来，却归来无路，唯有在梦里、诗里相见。“待梦里、捧脏腑拥尔诉说！”说什么？说的是“山水犹然，最痛不能共乐！”（《声声慢·元宵》），所以才有“千日床头三百梦”（《七律·夫人五十五诞辰祭》），一遍一遍地梦，一遍一遍地相见。虽然此生不能谋面了，但也照常是“人间天上同明彻”（《七律·为夫人五十六诞辰作》）。即使到了“春来秋去两千日”，分别的时间已长，但依然是“锦被无温盼晓晨”（《七律·六载追思》），从夜晚盼到天明，日复一日，月复一月。“锦被无温”看似写被之冷，其实是写身之冷、心之冷，由被冷、身冷而及心冷之际，冷寒的无限弥漫把思念绷紧了，却又拉长了。在又一次的怀念中，诗人漫步小园，园中树木是爱人生前所栽，如今已郁郁葱葱，物是人非，怎能不感慨万千！诗人幻想着爱人的归来，一起赏玩即将到来的春天，“窗外桃樟微颔首，相约莲动觅蛙声”（《七律·惊蛰》）。这是想用曾经的温暖来抚慰自己，这种抚慰也是哭泣啊！读建华的此类诗有一种压抑感。可是面对爱人的早早离世，除了压抑，还能有什么样的其他情感状态呢？但有一条是明确的，正是诗人的反复歌吟，使得他的爱人永生不灭。疾病、灾难可以夺去爱人的有形生命，但诗歌却有极大的魔力，又将爱人的无形灵魂请回自己的身旁而两情相悦、缠绵不止。就此看，建华的《声声慢·午梦》堪为代表，把爱人“归来”的情景写得真切细腻，言心中所欲言，言他人所难言。诗中刻画了久别重逢的场景，虽然“踉跄斜奔相对”时，难免显得有些老态，但“斜奔”的急切，把思恋的痛苦与相见的欢乐和盘托出了。待到发出那一声“经年想夫念女，自今儿、不再久别”，更是爱之深而思之切，自然许下永相随、不离别的重诺。其实，怀念的诗人与自己的爱人又何尝分开一日？他们可以在梦中相见；在举首间相见：“向星空喃喃，你虽已远去，我在身边！”（《窗前》）；在山水中相见：“湖风拂面如香语，岸柳依身似熠裙”（《七律·六载追思》）；在万物中相见：“如信阴阳穿地越，宁为花下双栖蝶”（《蝶恋花·致哀锋杰兄》）。

一个深情的人，不止爱一人一物。建华爱夫人至笃，爱亲人亦至笃，集中的亲情抒发也是最能打动读者的。如写女儿，寄寓了多少关爱啊，此时的父爱如山，也是母爱如水。女儿远行，他担心；女儿负重，他揪心；女儿有所成就，他开心。此外，建华写四季轮换颇得要领，写个人雅好往往笔细，写朋友之情句句言长，写工作之乐沉着笃实。从古人写诗都欲炼句来看，建华所写的“梅已裹羞去，桃李未红妆”（《水调歌头·送冬》），把冬将尽、春未到的状态写足了；“露重立身起，不敢冷风迎”（《水调歌头·送秋》），“落叶随波枉自流，伤情最怕入清秋”（《七律·秋思》），写心境时情景交融；“双目唯观浮下物，一心只系杆长扬”（《七律·垂钓》），写一事而神态毕肖；“笑对来时日，独立楚江边”（《水调歌头·送春》），“情堪鸭水暖，意欲钓河空”《临江仙·春钓》，意境阔大，有豪迈之气，表明苦吟的诗人本是一个男儿，只是哀情的裹挟，使得整体的诗情偏向于柔婉。

建华嘱我为《蔷薇集》写序，本不敢当。他好雅事，精音律，早在读大学前就有诗作，而我则发音不准，过不了音律关，喜诗却作不成古体诗。但毕竟学中文，不接受建华的任务实在说不过去，故勉力为之。我与建华在大学期间曾合作过一篇美学小文，投给当时颇有影响的《美育》杂志，1981年出刊时，见到我们的名字与一些美学大家并列，当然是激动的。在这些美学大家中就有在安徽师范大学听讲座时见过的蒋孔阳先生，记得蒋先生当时讲西方美学史上关于美的四种定义，给我留下了深刻印象。今日，我为建华诗集写序，也算是我俩在文字上时隔四十年的再联手，这是同学一场、朋友一场的最好见证。

建华用他的诗集出版纪念他亡去的爱人，我也借写序的机会纪念我亡去的爱人。愿两位芜湖的女儿在天国幸福。不会用太久的时间，所爱的人们终将再次重逢。

刘锋杰

2021年3月11日于苏州城外小石湖畔友云居

自　序

蔷薇，花中佳人。威武不屈，富贵不淫；室中可赏，野陌可生；玫瑰至亲，爱之象征。因其雅洁，为夫人平生之最爱。

三十多年前，以此花为媒，我俩徜徉于六郎桥头，度过难忘时光。时虽身在农村中学，穷乡僻壤，然校园内绿树成荫，桃李芬芳；校园外田野河埂，遍开此花；平时教书育人，亦精亦勤；心中不失志向，坚信干出事业。

然未曾料，方达中年，事业稍成，夫人却先驾鹤而去，不亦悲哉！

今日起制此《蔷薇集》，以抒念妻情怀。并以为序。

卅五年前梦逝唏，
六郎桥畔丽春迟。
园中桃李初青日，
陌上蔷薇正紫时。
河岸相依吟雀调，
室间互偎诵鸠诗。
如知半世成追忆，
悔不当初尽做痴。

2014年4月28日夜

目　录

目录

声声慢·元宵

今岁六九尤寒。独坐窗前，痴观雪落。既痛爱妻仙逝，更思女儿一人在沪。遂读李清照《漱玉词》之《声声慢》。少时吟来，只浅识其独愁之味；而今再读，感同身受，顿时泪涌。妻去已近三月，元宵之日，效易安之痛，作此以志苦独。

冥冥漠漠，乱乱纷纷，时时影影绰绰。
净布轻摸奁像，雪花飘落。
忽惊爱女电至，笑慰藉、忍吞咽塞。
酒醒也，裂头疼，两箸却乃愁酌。

卅载凤嘻凰逐，岂怎料、只身醉眠空舍。
山水犹然，最痛不能共乐！
边郊树中冷墓，有谁怜、嘘冻问热？
待梦里、捧脏腑拥尔诉说！

2014年2月14日　元宵

七律·百日

今乃妻之百日祭。白日阳光晴好，晚来忽然大雨。便知夫人亦在流泪。

独座凉台袅袅烟，
泪光漫雨共涟涟。
人间五令悲长迫，
地下十旬可短安？
乍感有身扶座后，
猛惊无影卧床前。
何当飞跨神台冢，
轻启香棺共枕眠。

2014年3月8日夜

七律·和庆杰《清明寄建华并遥祭惠农芳魂》

满地黄花阴乍晴，
坟雕擦净泪噙横。
去年自揠坟头草，
今岁人祈墓下宁[1]。
生死茫茫和仲[2]泪，
悲忧戚戚纳兰情。
奈何桥上终难见，
三代[3]唯听悲恸声。

2014年4月6日　清明

注

①颔联两句指去年全家到农村祖坟悼祭，夫人还锄草焚纸，今年清明却被家人恸祭。

②和仲：苏东坡。

③三代：三代人，清明节家中三代人同至墓前悼祭。

七律·生日祭

爱妻生日恰逢女儿获奖提名日（CAS[1]的获奖极不易）。想妻一世，争强好胜，而今山水犹在，女儿给力，然父女苦乐，地下不知，悲喜交加。

今日如临同案呵，
可怜命浅晚来苛。
生前矢志习杨女，
逝后全心效玉娥。
云里无云寻绚浪，
水中有水看轻波。
夫儿苦楚应知否？
梦里辰光共享奢。

2014年5月17日清晨

注

①CAS：美国通用电气公司所设的审计部门。

七律·垂钓

曦光树影静湖塘，
临水长吟远宦裳。
双目唯观浮下物，
一心只系杆长扬。
姜公直钓因期主[①]，
司马曲纶且避伤[②]。
整日几多悲懑事，
黄翻白滚胜徜徉。

2014年6月30日

注

①此句指姜子牙在渭滨垂钓而待文王。

②此句指白居易被贬江州，任江州司马时作《垂钓》一诗，表达悲愤之情。

七律·孤诞

余一生多不记生日、吉日等。然今晚尤为难受。妻在平常度过，固无所谓也；妻去逢诞，凄清之室，苦涩之烟，则倍觉孤苦。

清风伴我赏晖华，
陋室凄清步履暇。
昨日甜言击旧箸，
今宵咸泪煮新茶。
有枝连理阻墙角，
无翅比飞隔岸涯。
伊梦临晨依亦醒，
携篮共采曼珠花[①]。

2014年7月17日晚

注

①曼珠花：彼岸花。传说阴间开此花，一边开花无叶，一边长叶无花，乃惩罚生前相爱至深之人死后终不得相见。

七律·七夕

十三年前之今日，妻手术成功。余与妻弟等喜极而泣。今宵恰逢七夕，思去岁犹焚香燃纸，以庆安度；而今已成永诀，天上人间。

霖霖冷雨远笛闻，
已过清明亦断魂。
天上七星桥鹊续，
人间八月脉筋纹①。
千难熬尽前生苦，
百险换得后世身。
我欲焚香求玉帝，
鸡鸣曦照送完人。

2014年8月2日晚

注

①脉筋纹：指肾移植时，其新体之血筋脉络需严密缝合。

蝶恋花·祭月

晚于凉台设案置物，欲仰月喻人，默聊心事；惜有雨无月，思亲念远，题以志怀。

榴饼绿茶甜淡酒，
夜半凄清、不见嫦娥袖。
和泪凉风烟雨柳，
可怜天变难齐首。

遥想裙裾云雾后，
天上宫阙、人世何曾有？
去岁已然肝胆透，
行将酷首明年候！

2014年9月8日　中秋

声声慢·午梦

中午与文宝、健扬饮，归而憩。忽梦惠农归来，真切如初。

真真切切，断断凄凄，轻轻款款蹀蹀。
踉跄斜奔相对，语无声咽。
观摸履皴脸发，忽挣拥、不禁言责。
去数月，歉迟别、怎忍此时啼哭？

笑抚曾经衣物，同挽手、清风彩灯湖侧。
互诉衷肠，世事此兴彼伏。
经年想夫念女，自今儿、不再久别。
恨乍醒，却一脸咸泪枕湿！

2014年10月12日

窗 前

今晚
我独坐窗前，阵阵香烟。
我把你放在，我的面前。
万万没想到，
去年今日，竟是你在家的最后一天！

今晚，
我仍坐窗前，抬望泪眼。
我把你贴在，我的胸前，
默默问苍天，
你的生命为何这样有限？

今晚，
我长坐窗前，无法入眠。
我突然感到缠绵遥远。
向星空喃喃，
你虽已远去，我在身边！

2014年9月26日夜

七律·周年祭

今日乃爱妻周年忌日。女儿自美返回痛悼，回想诸事，恍如昨日。

念念西辞已整年，
凄风乱发悼坟前。
再无床上半声语，
唯有梦中一晌欢。
唐帝缠绵观皮影①，
清皇寂寞创越穿②。
时常窗下闻悲泣，
早去夫君意未甘。

2014年11月28日于墓前

注

①皮影：皮影戏，唐玄宗以皮影戏演往事。

②越穿：穿越，近几年穿越剧较为流行，多为清朝帝王爱情悲戚之剧。

七律·冬至

黄昏至惠农墓前祭。漫山冢冢，阒无一人，偶闻鸦声，悲催不已。

凛凛寒枝日短残，
飞灰扑面泪潸然。
欲思往岁炎与冷，
怕问今年淡或咸。
秋去风高伤旧事，
冬来雨骤湿青衫[①]。
应知行远隔天界，
终老相随卧翠山。

2014年12月22日

注

①青衫：纳兰性德有悼亡词《青衫湿》。

炼[①]

——献给女儿的生日之歌

今女儿生日，恰在尼泊尔一穷乡僻壤当志愿者建学校，无热水无明电，明日将失联，想来心疼。失母之女，生日不能与父团聚，心碎泪滴。

我的爱女，
你降生时大雪飞舞，
这就定下了，
你倍受熬炼的命途。

我的爱女，
你属相是丁卯白兔。
这就翻开了，
你谨慎人生的卷书。

我的爱女，
你过早地痛失爱母，
这就击碎了，
你本该拥有的幸福。

可是我的女儿，
人生不能先扬后抑先赢后输。

一滴水珠摔碎多少次，
大海终究是它的归宿。

还有我的女儿，
脚下怎可总是荡荡坦途？
徜徉在华盛顿的华彩高楼，
不能忘尼泊尔的破旧草庐。

可记得墙外那棵樟树？
它高耸得遮覆了家里窗户。
庇荫佑人是妈妈的高贵情愫，
不屈向上是妈妈的精神财富。

可记得小时候说的十二种动物？
高洁勤奋唯有白兔。
虽然每天都机警四顾，
任谁也没能探监它的宫窟。

可记得大雪里的那次漫步？
怒放的红梅给我们感悟：
百花争艳谁耐得严寒，
傲雪斗霜时群芳怎妒！

女儿啊，你要记住
一艘孤船在万里横渡；
汹涌波涛里无人相助，
因为你既是船长又是大副。

可是啊，你还要记住

绿叶飘荡莫忘了芜湖。
远方的家虽已老旧，
却永远那样温暖如初。

无论你离开多久，
总有一个人为你合十祈福；
无论你走得多远，
总有一个人对你遥遥注目。

他还不是残年风烛，
他是饱经沧桑的松树，
那就是你——
绝不弯腰的老父！

2015年1月25日

注

①作者曾取笔名“松剑”，将本诗发表于《大江晚报》（2015年1月30日B5版），后知名朗诵者李强在芜湖市第四届诗歌赛上朗诵本诗。

临江仙·除夕独祭

除夕巳时，独至神仙台，足登布履，手执黄花，登高台祭夫人。归而年饭尚早，读纳兰性德《临江仙》。和其韵以志悲情。

风紧松吟心欲碎，
奈何思念如初？
低头默诵旧时书。
黄花吹去，
容影未曾疏。

泪眼仿觉轻步乱，
漫山皆尽模糊。
垂帘月透只身孤。
以何常醉？
暂且念情无！

2015年2月18日

七律·咏桃花心木①

廿七相逢月老吟，
亦能独树亦能林。
俯身不笑河边草，
抬首且怜天上云。
秋雨阻天天更阔，
春风裁叶叶逾矜，
桃花心木高千尺，
夜半无人恋断魂。

2015年2月5日晚

注

①桃花心木乃一名贵树种，可高达数丈至数十丈，叶阔干粗，用途广泛。有人称结婚27年为“桃花心木婚”，妻子去世时恰逢结婚27年。

七律·清明

昨日晴天骄阳，今登神仙台祭时，忽风雨大作，真乃天与我共洒泪耶？

风催云阻暗神山，
冷雨吹来步履艰。
万里飞回焚纸币①，
千珠落下透棉襴。
何曾魂断杏花酒，
不忍神离桃树干②。
笃信天宫飞紫雁，
日高梦醒亦茫然。

2015年4月2日

注

①此句指女儿从美国飞回，痛祭乃母。

②妻在世时，于门前种桃树一株，现已枝繁叶茂。然传说桃树为辟邪阻神之物，故不得相见，真乃自寻也。

七律·无题

无事驱车登筑台，
乍临寒冻复还来。
红梅黯淡逐流去，
青李含羞沿路开。
天有情时天亦老，
眼无景处眼多霾。
只思直赴滔滔泳，
回至孩童少虑怀①。

2015年4月10日

注

①作者少年时住于江边，与邻家数小儿常于江中逐浪，无忧无虑。

七律·母亲节暨夫人生日[1]有感

千条微信颂娘音，
应料吾儿泪满襟。
夜雨犹怜植树女[2]，
晓风未解赏花人。
山中木柩眠仙体，
室内瓷壶置冻心。
节日生辰逢岁有，
唯将唱赋自弹吟。

2015年5月10日

注

①夫人公历生日为5月17日，与母亲节相距不久。

②植树女：院中桃树乃夫人亲手所种，故以“植树女”指夫人。

七律·为亲友著文作

江南四月[①]尽芳菲，
无意停观已早归。
冬去区区添豆草，
春来满满驭耙犁。
千夫孺子何曾辩？
万炷香烟未见回。
怒发直询阎殿下，
来生易命解绳缧。

2015年5月17日

注

①四月：指农历四月初三，夫人生日。

五律·夜归听蝉

深夜方归。于阳台立片刻，忽听小区有秋蝉鸣，大奇，遂开窗循声。甚响而觉有律，忽有感。

孤身居闹市，
纷乱绪将平。
念属山中水，
心怡字里情。
朝曦烦事扰，
夜月伴蝉鸣。
当日秋楼里，
年年夏果盈[1]。

2015年9月17日

注

①借用鲁迅诗：“躲进小楼成一统，管他冬夏与春秋。”

七绝·无题

且借一轮画彩签，
蒙眬醉眼数星闲。
吴刚再续三杯酒，
不敢天门[1]拜谪仙。

2015年9月18日

注

①天门：天门山。

近日于家中整理旧书。忽在一旧本中偶见当年“歪诗”两首，虽字、意均有欠缺，然可见对余祖母至深之情也。故粘贴于此，以作纪念。料每见之，心思祖母，也可忆儿时。

2015年9月19日

悼祖母

痛离祖妣又一春，
满道雨痕如泪痕。
可叹盒安坟下骨，
常为案设梦中人。
薪添叶落思长木，
户盛家昌仰太君。
仁义俭行留后范，
孙儿训教拳拳心。

1976年4月5日

哭 祖

季春草盛上神山，
三载重来心戚然。
无纸无烟迷满地，
有哀有泪恸苍天。
墨棺地下时有尽，
贤孙坟上泪无完。
叩头响彻黄泉店，
五瓣心花奉祖颜。

1978年5月22日

月光白

月光白，月光白，
父女相依伫阳台。
天上一轮人间看，
为何不见玉兔来？

月光白，月光白，
苍天如此无情怀。
前年九月二十七，
倩影从此未归来。

月光白，月光白，
扶摇直上玉琼台。
与尔共饮桂花酒，
与尔共将菊花栽。

月光白，月光白，
蓝天万里无尘埃。
可怜不久即远行，
泪眼模糊心徘徊。

2015年9月27日中秋之夜

七律·赠庆杰

庆杰受挫，归来月余，寄诗一首。尽忆当年兄弟之情。

恍然一梦越当年，
脑体差强志已残。
曾忆大桥拈树草，
常思小室醉绸棉①。
板桥两耳听喧雨，
陶令一心种静兰。
曾唤天公施寿术，
不辞效古卧终南。

2015年10月30日晚

注

①大学时，我等常到芜湖师范专科学校旁的一花草之地嬉戏；工作后某年，我俩在六郎桥中学宿舍里，醉而共卧一床。

七律·惠农两周年祭

女儿从国外归，余与女儿及家人共登神仙台，思惠农离去已两年矣，音容犹在。

云斜草卧朔风寒，
掐指量时七百三。
生死茫茫独泣诉，
音容历历共灵顽。
仓央酒色移纤女，
容若剑刀正伟男①。
无奈仰天悲短迫，
三身堂②里酒茶鼾。

2015年11月28日夜

注

①颈联两句：仓央嘉措与纳兰性德几乎为同时代人，仓央嘉措为六世达赖喇嘛，纳兰性德为康熙身前红人。仓央嘉措遇挫，则沉醉酒色；纳兰性德丧妻，却至终不娶。

②三身堂：作者居所之名，谓“独善其身，独健其身，独修其身”。

减字木兰花·冬至之夫人墓前

昏天凛冽，
不见上回黄绿叶。
无伴陪时，
言自凝然泪自迟。

春来尚早，
无奈难寻青褥草。
月夜孤独，
祖母在旁燃火炉①。

2015年12月21日

注

①夫人属牛，生前最爱大片草地；祖母之坟，即在不远处。

元　旦

数九申时日已斜，
已闻隔户响盘碟。
众多喧闹尤怜静，
稀少亲人最怕节。
万里遥遥迎海日，
千寻款款步天街[①]。
余生设有三多载，
每遇佳节枉自嗟。

2016年1月1日晚

注

①颈联两句：万里之外，女儿大概正早起，迎着太阳上班；在那千寻之上，夫人正款款然在天街散步。天街：韩愈诗“天街小雨润如酥”，天街指天庭之街。本诗非律诗，故用今语读。

卜算子·立春日咏樟

窗外有樟，倚墙而生，为夫人生前所爱，今已亭亭如盖。每立窗前，轻抚枝叶，感慨系之。

窗外满头春，
四季依墙伫。
蔽日驱虫立障屏，
总把居人护。

品贵少娇容，
无意松梅妒。
秋浅冬深伴泪吟，
知是留魂处。

2016年2月4日　立春

七律·清明

江南四月百芳盈，
意怯身寒别样情。
时雨时晴观草盛，
或遐或迩感花零。
日阑浊酒风围冢，
夜尽青苔雨绕庭。
回首当年音貌在，
可怜只向梦叮咛。

2016年4月4日

七律·再摘蔷薇

蔷薇品高味雅，夫人至爱。每当花期至，思之愈悲。

桃梨去后此花开，
小草茅篱总不衰。
润雨相随鲜翠至，
春风携伴暗香来。
荷锄一曲悲身世，
仗剑十年壮志怀[①]。
轻抚柔枝疑有泪，
此时谢处尔当栽。

2016年4月28日

注

①颈联两句：上句指黛玉荷锄葬花，以《葬花吟》中“质本洁来还洁去”，喻夫人之志。下句指纳兰性德为康熙带刀侍卫，位高品极，但其夫人卢氏去世后，自誓不娶，并日日情怀系之。

七律·夫人五十五诞辰祭

酒酣归晚月星晖，
遥望长吟北斗稀。
旧友新朋歌亦笑，
热茗冷褥叹而悲。
山阿托体[1]陪松柏，
天际牵魂伴泣嘘。
千日床头三百梦，
朝曦梦醒鸟轻啼。

2016年5月17日

注

①山阿托体：指陶渊明《挽歌》。“亲戚或余悲，他人亦已歌，死去何所道，托体同山阿”，看似豁达，实则凄然。

七律·七夕

满耳鸣蝉伴汗淋，
何曾罗扇觅流萤。
天规一岁渡河汉，
地律多年仰海星[1]。
当日心随云月走，
此时意伴纸毫行。
忍看箩中双子泪，
仙女悔思树下情。

2016年8月9日

注

①海星：海王星，绕太阳一周需160多年。

蝶恋花·哀致锋杰兄

惊闻锋杰兄夫人日前病故，兄弟俩电话中悲咽难忍。嫂夫人乃芜湖人，早年即识，乃贤妻良母，竟忽仙逝。想吾爱妻亦于三年前亡故，时情时境，感同身受。

命里无心知永诀，
夜静蝉凄、半阙青孤月。
竟是白头豪语歇，
冻身冰雪温卿热[1]。

兄弟同遭天地裂，
岁岁相扶、共赴神台哭。
如信阴阳穿地越，
宁为花下双栖蝶。

2016年11月29日

注

①语出《世说新语·惑溺》：荀奉倩与妻子十分相爱，某年寒冬，妻病高烧不退，荀奉倩立于院中，以冰雪吹打身体，再到屋中拥妻降温。然妻终不治而亡，荀奉倩亦不久而亡。

七律·三年祭

神仙台上覆霜凌，
老父孤囡泪眼滢。
未断三年惊宿梦，
方知半世恨离情。
明心凛凛孤居舍，
昏目痴痴独伴灯。
春采蔷薇冬踏雪，
无人再可共余生。

2016年11月28日

七律·女儿芳诞

女儿生日。按俗当归家庆祝，恰逢公务，惜不能归。失望之极，题此以志。

一瓣心花逐雪飞，
飞临沪上奈无归。
昨犹两手抚襁褓，
今已只身担稻葵。
宋氏无男漂海去，
杨门有女降妖回①。
无为峦障遮双眼，
不负应求“可赛追”②。

2017年1月25日

注

①颈联两句以宋氏三姐妹和杨门诸女将作比。

②“可赛追”：Cassandra的音译，古希腊神话人物，是女儿的英文名。

临江仙·春钓

凛早八人乘两骑，
水光映射青峰。
长纶细饵入流中。
谈笑惊树鸟，
湖影乱波重。

半世偷闲唯恋此，
江州渭水[1]心胸。
无边物我沐春风。
情堪鸭水暖，
意欲钓河空。

2017年3月5日

注

①江州渭水：指白居易与姜太公，一为失势，一为得势。

浪淘沙·题父女照片兼纪念羊皮婚[1]

黄浦早春还，
灯骑如湍。
清风明月共凭栏。
逐浪逸兴须进酒，
父女同干。

功利憾无言，
我自扬鞭。
曾思断杼重如山。
芳草无涯天尽处，
蜀道难攀。

2017年3月6日

注

①羊皮婚：有人将结婚31年称为“羊皮婚”；是日，女儿买房签约，晚到外滩之浦江6号，把酒尽兴，又恰逢结婚纪念日，书以志。

七律·春日散步感怀

春冬长寒，今日忽暖；镜湖漫步，微风熏人，衣虽轻而心沉重。

湖畔华灯倒影闲，
风香身暖意犹寒。
寻情花径仍初色，
叙旧芳亭已改颜。
岁岁年年催春去，
叨叨忆忆唤人还。
最难度尽蔷薇月，
慢饮清茗忆纳兰[1]。

2017年3月27日

注

①纳兰：纳兰性德。

七律·清明回乡偶书

弋江水浅色清淋，
黄短绿长已没轮。
燕舞才停观旧客，
莺歌未罢绕新坟。
未听牧曲未听雨，
只见酒茗只见禽。
自古乡风难尽理，
借着春事暂留人。

2017年4月4日

七律·赠陶欣朱殷

陶欣朱殷贤伉俪，行车八千里，途经四五地，一路看望当年同窗。其情其谊，感人至深。

夜辞鹏市[①]面朝霞，
正遇徽江四月花。
搂叙媳婿皆靓帅，
笑询儿女可牵娃。
初情终伴书山仕，
善作敢为商海侠。
来日空无三十载，
文章诗酒趁年华。

2017年4月6日

注

①鹏市：鹏城，深圳的别称。

七律·谷雨

谷雨清明一日连，
推窗扑面燕呢喃。
满城冬夏无春渡，
遍野桃梨有雨衔。
旧叶风摧无意落，
新枝露裹有心添。
人生四月芳菲尽，
惜取新芽忍煮煎。

2017年4月20日

七律·为夫人五十六诞辰作

身临湖畔柳新色，
应忆一千三百日。
仰首银河星月凝，
低头绿水影身直。
当年驾鹤亲陪遐，
今夜坐茗友伴侧。
纵使今生无面谋，
人间天上同明彻。

2017年5月17日

水调歌头·送春

隐隐远雷后，
小草嫩清鲜。
惊蛰谷雨清明，
莺舞戏蝶闲。
遍地黄红蓝紫，
满目青山绿水，
迎送艳阳天。
几日雨风漱，
落叶泪如涟。

人如是，春难驻，柳如烟。
曾经拥有，
难求诸事尽成全。
花艳依依百日，
春丽惜惜半岁，
毕竟世间凡。
笑对来时日，
独立楚江边。

2017年5月20日

古风·小满

人生之路，
各有其数；
六十韶光，
譬如朝露。
小满如何？
春已迟暮；
落红如雨，
芳华难驻。
春日虽好，
寒暑飞步；
曾经拥有，
遽归尘雾。
何求长满？
盈虚适度；
独立江渚，
青山如故。

2017年5月22日

一江春水·太仓[1]

与友人游太仓，观长江尽头及郑和入海处，遂感。

江流到此心难了，
远眺沙洋渺。
春风撩发落轻尘，
堤下芦花堤上展胸襟。

锚虽沉沙桅虽蠹，
海禁民难恕。
倘书风雅半千年，
西岸东都餐享汉华筵[2]。

2017年5月25日

注

①太仓：长江尽头，为入海处。

②郑和自明永乐三年（1405年）始，三十年间七下西洋，威镇海外，万方朝服。可惜止于海禁之国策，反被哥伦布、麦哲伦等超越。

七律·丁酉之夏

今夏天气极端，暑热难耐。炎炎烈日之下，工农难矣。

仰天盼雨亦祈风，
巨日炎苗炙地空。
近觑蝼虫钻穴里，
远观鼠犬入池中。
晨苏仍见市街净，
夜卧犹觉梁架红[1]。
安可清风八面至，
环球凉热世间同。

2017年7月10日

注

①颈联两句：上句指环卫工人夜起将城市打扫干净，下句指夜里工地上尚一片火红。

满江红·六十抒怀

一甲之前，
双月六，
斯人度[1]出。
回首忆，
侥存天祚，
略输厚福。
弱冠无心迟入府，
休前有意先出阁。
立潮头热雨仰星风，
江天阔。

女待字，
妻乘鹤。
东隅远，
桑榆失。
运未能胜命，
赤金无色。
松劲有生学居士[2]，
水流无意思靖节[3]。

冀夕阳晚照慰余年，
通天彻。

2017年7月28日

注

①度：婴儿初出曰“度”。
②居士：指辛弃疾，中年后号稼轩居士。
③靖节：陶渊明。

水调歌头·送夏

烈日酷如火，
赤铁可熔精。
微风更助红浪，
溪水尽蒸腾。
天赐江南绿野，
可叹形同暖褥，
人畜共汗濛。
蝉噪不离去，
有意搅清宁。

扇无用、月如镜、闪流星。
我独喜此，
思静衣少亦身轻。
白昼陪心孤咏，
夜晚随情独步，
诗画旧时情。
无奈凉风起，
宋玉赋秋声。

2017年8月7日　立秋

七律·夏钓

星方散尽日将升，
潦水清渠雾气蒸。
未恤渔人衣浸意，
且怜钓者汗淋声。
白鳞应感桃林[1]志，
乌杆当思后羿情。
乐此何曾知暑热，
觅寻绿荫自身轻。

2017年7月30日

注

①桃林：夸父。夸父逐日未成，弃其杖而化为桃林，绿荫数千里。

七律·秋思

落叶随波枉自流，
伤情最怕入清秋。
一年烈焰多遭唾，
三宿凉风少遣愁。
后羿有心阳未减，
嫦娥无力月常留。
弄人造化天分季，
当待来年可自由。

2017年9月5日

七律·立冬

满目灰云无序飞，
神情难驻欲绵帏。
残阳落木萧萧下，
冷月寒风瑟瑟吹。
朝日未曾怜满照，
桑榆已往叹余晖。
人生春夏应无悔，
莫待秋冬毛鬓衰。

2017年11月7日　立冬

采桑子·忆儿时并赠小敏子

晨昏最忆长干句①，
早现羞容，
卧剥莲蓬，
仰看星河夏日风。

一别未料无音讯，
寻遍芳踪，
梦里情钟，
待到重逢霜鬓同。

2017年11月10日

注

①长干句：李白《长干行》中描写少男少女两小无猜、玩耍嬉戏的句子。

七律·大雪咏赠女儿

女儿三十芳诞，却不能归；又遇漫天大雪，唯以谣吟志之。

梦醒双腮泪有痕，
神思漫雪未归人。
闭窗隐去青枝绿，
推户漂来白玉莹。
应感娘慈针密线，
当怜父苦握拳心。
宜将千斗乘腾雾[1]，
忍看风中踽踽临。

2018年1月25日

注

①腾雾：马的别称。

雨霖铃·登神仙台

清明与女儿登神仙台祭后，归而读潘岳；窃思于情不贰者，可媲潘氏焉。

云天明灭，
溅泥泞雨，
满道痕裂。
凄凄共抚芳冢，
松犹劲翠，
丹金微落。
敢问神仙有否，
却无降凡谪。
近咫尺、千里遥遥，
墓里呻吟墓旁哭。

清明五载逢今日，
断魂阶、岁岁思真切！
曾盟比目双翼，
今两地、形单影只。
父女归家，
竟是当年玉萼扑鼻。

梦里见、一阵欢愉，
不致与人说。

2018年4月8日

七律·端午

今人之于端午，其意应已异于古。

云轻日暖夏虫鸣，
胜境难安心腑宁。
小女投江呼父氏，
大夫葬浪唤生灵。
宜将长艾祛虫远，
未可短衫露体[1]轻。
今日世人皆道好，
凭窗臆获另番情。

2018年6月18日

注

①体：即“身”。此喻一些人只知狂欢，而不知修身也。

七律·无题

出生之日，退休之月；人生如川，逝而不返。

远去华灯避夜嚣，
坐观残月抚青梢。
阳骄正盛遭凌冻，
雪傲虽坚遇火燎。
不信老骝牵尔枥，
唯欣雏燕胜吾曹。
人生自此将分界，
不向上苍讨靓娆。

2018年7月17日

水调歌头·范罗山

范罗山曾为芜湖市政府所在地，余曾供职于此。

参松覆青黛，
岿矗范罗山。
不闻雪月风花，
安然闹市喧。
朝瞰长天碧水，
夕睹落霞归雁，
四季未曾闲。
多少盛衰事，
犹记秀丛间。

道坡峭、难驻履、自赧颜。
不应有怨，
世事难料后与前。
昨日已失东榆，
当下将惜西照，
未可愧华年。

关爱新生代，
福祚续绵延。

2018年8月8日

蝶恋花·悼先慈八十诞辰

先慈离世已近二十载。小时卜卦，言其旺夫家。

蕙质兰心天自有，
梅子香时，
遥想风拂柳。
嫁入平门兴子嗣，
家家尽饮黄滕酒[1]。

天命难违雕栋朽，
万里迢迢，
笑瞰他人丑。
唯愿上生应有悟，
时常梦里巾绡透。

2018年9月9日

注

①黄滕酒：宋时以黄绸封口的贡酒。此指生活安康、家门有幸。

七律·秋钓

雾淡云高衰草黄，
月残未落立奎塘①。
忙忙碌碌护篱满，
聚聚行行身影长。
情笃常思司马令，
水清当念烂柯郎②。
欲归何忍远挥揖，
钓者从来晚祚祥。

2018年10月27日

注

①奎塘：南陵县某地一水塘。

②颈联两句：上句指当年白居易常以钓鱼解闷，下句指世事变幻、饱经沧桑（南朝《述异记》所载烂柯之事）。

水调歌头·送秋

大学同窗相聚，归而叹息良久。冬日将至，亦如人生。

独坐对湖影，
耳畔落花声。
几时紫翠红鲜，
萧瑟已无英。
一片清辉凄楚，
何似疏林晚照，
仰看淡云行。
露重立身起，
不敢冷风迎。

花甲去、槐安梦、恁此生。
千山累累，
望眼硕果无心擎。
昨晚粘粘相聚，
今日依依离散，
还念久别情。
只愿夕阳好，
向晚俱康宁。

2018年11月20日

鬓云松令·五年感怀

斯人西去，倏尔五载。祭奠归来，伤悲不已。

立坟头，风欺颈，
四面苍松、四面苍松岭。
寒鸦呜咽不见影。
寂寞神台、寂寞神台冷。

夜阑时，常梦醒。
故土何日、故土何日省。
沉怀当年情与境。
独向孤灯、独向孤灯等。

2018年11月29日

南乡子·冬至

断续雨声残，
未尽申时已黯然。
看镜哪堪长睡后，
凭栏，
双目移游向远山。

立久帔襟单，
不忍深思断柱檐。
今日最怀昔日事，
初寒，
最盼冬阑春意还。

2018年12月22日

七律·冬钓

沐雨披风踞水沿，
总期日朗暖风闲。
坐拥不感衣衾少，
立起方嫌草木寒。
顶上多云翻巨浪，
池中少物击浮竿。
人生多半亦如是，
直到南墙知枉然。

2018年12月25日

水调歌头·送冬

明日将雨雪，今难得云淡风轻，与女儿郊野漫聊，鲜有此闲。

父女伫江岸，
恋恋沐斜阳，
目极楚水吴山，
未见雁成行。
远看孤人插柳，
近赏渔翁弄杆，
三九正徜徉。
梅已裹羞去，
桃李未红妆。

低首思、仰头叹、满身凉。
隔天离去，
小炉佳酿雨前窗。
四季更迭有序，
半世福祺无料，
谁更见嬛琅[1]？
今且送君远，

飞雪化春光。

2019年2月6日

注

①嬛琅：琅嬛，指仙境、仙女，借指女儿虽似仙，然无人识为知音。

七律·元宵

元宵大雨，实为无奈，家中吟咏，另有滋味。

此夜应须灯月明，
乌云愠扫满天星。
万丝沥沥新池涨，
千伞急急旧路行。
未见东风花树影，
只闻西壁草枝声。
登楼极目向天问，
一岁元宵一岁情。

2019年2月19日

满江红·关工委工作周年感怀

范罗山穹，
苍松翠，婆娑如织。
夕照艳，
畅流远去，
百舟竞发。
甲子恍惚披假帔，
己亥恰似持真铁。
仰天寻、孤雁北归迟，
穿云掠。

少年志，未尽息。关工委，同辕辙。
聚开怀谈笑，
视为家室。
白发尚需八骏骤，
髦髫尤迫双蹄疾。
使命在、未敢忘初心，
同传习！

2019 年 4 月 30 日

七律·五四运动一百周年

冲冠一炬赵楼[①]焚，
革命从兹划旧新。
民主爱国扬旌帜，
科学进步树精神。
仰瞻今世砥流者，
俯哂当年戏水人。
后辈长铭当代史，
须臾未可忘初心。

2019年5月4日

注

①赵楼：曹汝霖住宅。1919年5月4日，巴黎和会消息传回国内后，北大等校学生游行示威，并火焚曹宅，从而拉开五四运动大幕。史上以五四运动为新旧民主主义革命之分界线。

七律·清华

赴京至人民大会堂参加“中华魂”读书活动颁奖典礼。特赴清华大学一观，少时即心向往之。

清华苑内绿芳林，
烈照难隔忆梦琛。
今日无心追契友，
当年不意入黉门。
万方紫气临斯地，
千古文明降彼人。
如可来生得两选，
荷塘月下拈诗吟。

2019年7月24日

七律·祖考逝世八十周年祭

先祖考1939年因家族内乱遇害。小时常闻旧事，今以诗志。

梦睹尊颜已列仙，
孩提臆断旧时天。
床边忍看重慈[1]泪，
月下常听老父言。
山道崎岖行万里，
水流激涌过千帆。
孙侪欲效笛哀赋[2]，
墓里真身总未寒。

2019年8月5日

注

①重慈：祖母。

②笛哀赋：嵇康为司马氏所害，好友向秀闻邻人哀笛，作《思旧赋》。

七绝·赴无为参加撤县建市典礼题

无城秀黛衬天虹，
万众腾欢宅巷空。
建市犹如添两翼，
青山绿水笑曹公[1]。

2019年8月5日

注

①曹公：曹操。

七律·第三十五个教师节

卅五年前别杏坛，
行行甲子已皤然。
杨家土育杉松翠，
赵氏水滋桃李甜[1]。
三尺讲坛传大道，
一支粉笔绘人寰。
宜将风骨比山海，
未可平俗拟蜡蚕。

2019年9月10日

注

①颔联指作者当年教书之地六郎桥中学。六郎镇，隶属于安徽省芜湖市湾沚区，相传为宋杨六郎军队驻地，故有“六郎桥”“赵家河”。

七律·莫干山

国庆与女儿及弟妹游浙江莫干山，作此以志。

电掣驱车九九弯，
盘旋忽料入云端。
千山谡谡观篁海，
万壑叮叮捧雨泉。
恍觉当年争赤剑①，
亲经现下造青山。
吾侪不晚逢奇世，
满目朝阳映黛峦。

2019年10月6日

注

①相传莫干山为干将、镆铘铸剑之地。现尚有毛泽东视察时居住的公馆，亦有蒋介石公馆。

七绝·游池州杏花村

赴池州关工委参会。主人盛情，邀游杏花村。叩和该韵，愧对先哲。

刺史楼[①]前思绪纷，
三躬且当吊诗魂。
香豚美酒时时有，
千里不遥看杏村。

2019年10月15日

注

①刺史楼：即牧之楼。杜牧曾任池州刺史，为了纪念他，杏花村建造了牧之楼。

七绝·读老班长《雪泥鸿爪》

大学同窗许兄心潮，七十有余，近出版其诗集《雪泥鸿爪》，感佩而作。

异地归来捧巨篇，
即如雨露泽殍田。
渔歌唱晚奔苍骥，
始信谪仙降马山[①]。

2019年11月10日

注

①马山：安徽省马鞍山市含山县之山中高者，代指含山县，即许兄家乡。

七律·六载[1]追思

朔日寻情镜水滨，
一时悲绪欲燃心。
湖风拂面如香语，
岸柳依身似熠裙。
天子[2]凭栏凝月诵，
近臣[3]仗剑仰天吟。
春来秋去两千日，
锦被无温盼晓晨。

2019年11月28日

注

①六载：指妻逝已整六年。

②天子：指唐玄宗，常对月吟诵怀念贵妃之作。

③近臣：指纳兰性德，曾任康熙近身带刀侍卫，亦常吟怀早逝之妻。

七律·冬至

此日来时辨昼晨，
江南少雪尽淋阴。
推窗远奏《梅花落》，
闭户轻嚼《游子吟》。
石墓簇拥焚钞纸，
泥台攒挤挽哀人。
吾门三母①福根浅，
只向遗容易布巾。

2019 年 12 月 22 日

注

①三母：父之母、吾之母、女儿之母，皆福未享而去，悲也！

长相思·元旦

江水边，湖水边。
绿女红男车马喧，
方知辞旧年。

心阑干，意阑干。
纵有余力难越山，
花甲已过三。

2020年1月1日

十六字令四首

岚！
影影蒙蒙树裹山。
笼天地，
窥透世间难。

风！
可扫千军可抚容。
福与寿，
去去念无踪。

花！
浮动香魂伴玉沙。
江山彻，
不识旧人家。

泠！
万籁无言独奏声。
蛾蝉尽，
心底自空明。

2020年1月9日

少年游·女儿芳诞

斯人天降落梨花，
春早露新芽。
品端礼厚，
善勤补拙，
信步走天涯。

常怜逝者东流水，
晚月伴朝霞。
志固高远，
情亦飞絮，
诗酒趁年华。

2020年1月25日

忆江南二首·庚子立春

江南好，
晨晓尽朝晖。
未见亭园春意闹，
却闻阎闾冻声唏。
含笑峭边梅。

江南好，
庚子没春归。
关户避风听巨浪，
推窗迎雨看青微。
唯愿种丹葵[1]。

2020年2月4日

注

①丹葵：向日葵。古喻忠君之心，此指抗击新冠疫情中，听党话，跟党走。

七律·与女儿避疫家中

女儿因新冠疫情未能回沪，居家远程办公；余研玩“下厨房”而践之，不亦乐乎。

难能爱女久宅家，
枉叹元宵少月华。
水彻青襟常盥洗，
火炀黄粟久炊茶。
热油重脍响兰子[1]，
冷刃轻撩飞雪花[2]。
家事原同前古道，
小鲜烹味祚无涯。

2020年2月8日　元宵

注

①兰子：猪的别称。
②飞雪花：切生鱼烹片，见杜甫诗《观打鱼歌》。

五律二首·不得出户读书有感

因新冠疫情故，响应不出户号召，日日读书有感。

（一）

疫情令似山，
闭户课书闲。
低首经书近，
回身晚照阑。
沉潜文里意，
潦草腹中餐。
万籁皆寂静，
无能效袁安[1]。

（二）

三更暖被思，
半世懒延时。
未有闻鸡舞，
难堪映雪诗。
孩童嫌岁早，
白首悔秋迟。
趁此停休日，

新题换旧词。

2020年2月20日

注

①袁安:典出袁安卧雪。

七律·惊蛰

惊蛰与结婚纪念日前后而至，有感而作。

闻言此日暴雷惊，
满目愁云避疫情。
细雨摧花思琥珀[①]，
疏风摇树叹叮咛。
万灵乍醒起三卯，
一伴难眠归五更。
窗外桃樟微颔首[②]，
相约莲动觅蛙声。

2020年3月6日

注

①琥珀：有人将结婚34年称为“琥珀婚”。

②窗外有樟、桃，夫人所植，树犹在，且乔硕，而人已去也。

七律·“六七”悼父

江南旧俗，先人亡故，六个“七日”，悼念事毕。

福厚生前逝阒然，
儿孙始信古陈抟。
外倔内软稀亲友，
酬祖报家多胆肝。
匠意盈盈栽苦稆，
怜心默默种贫田。
人生代代无穷已，
落木催生嫩叶繁。

2020年4月4日

七律·无题

晚于农庄用餐，忽见花草四野，蔷薇犹盛，不由感怜。

四月花期晴伴阴，
蔷薇带露陌沿伸。
清风不解履新客，
细雨犹怜怀旧人。
敢劝彦泓[1]多艳咏，
应怜容若[2]少平吟。
无心懒顾园中草，
独向青枝奉倩魂。

2020年5月10日　母亲节

注

①彦泓：王彦泓，字次回，明末著名诗人。与妻恩爱，妻逝至终不娶。其诗以香艳闻名。

②容若：纳兰容若，其悼亡词情真意切、催人泪下。

五律·赏蔷薇兼怀夫人生日

观花忽思夫人如在，已近六十矣。叹年华之逝。

蔷薇今又发，
问汝几时归。
今日君花甲，
明朝我古稀。
春蚕丝织帔，
蜡炬泪成灰。
惆怅天庭里，
花开可预期。

2020年5月17日

七绝·游龙窝湖

芳宝贤弟约余与爱华、高华、高原游三山之龙窝湖。虽曾在此工作，然今日青山绿水，变异惊人。

亲朋小满渡龙窝，
望透青纱万顷波。
倘使周公[①]淋绿浪，
疑惊玉帝降银河。

2020年5月20日

注

①周公：周瑜，曾在此任县令。

七绝·游莲花湖

芳宝贤弟再约余等游三山之莲花湖，初夏之景可餐。

秀色凌波捧碧花，
蜃霞美妇捋轻纱。
初疑地藏功犹在，
应是观音塑五华[1]。

2020年5月20日

注

①五华：五华山。相传地藏王曾于此山修炼，经此往九华山。

七绝·赴泾县陈村水库题

廿九季春立库滨，
桃花潭水旧时深①。
疫情战罢披银甲，
又赴潮头保万民。

2020年5月22日

注

①陪同市委领导前往陈村水库沟通协调防汛事宜。当地领导热情感人，故引“桃花潭水”之典。

采桑子·观胡爱华练太极拳

轻身立定花前树，
功启移根。
耳畔风吟，
柳带腰肢足眼神。

恍如雄殿观飞燕，
又见公孙[1]。
山耸渊临，
一缕丹田幻化真。

2020年5月31日

注

①赵飞燕、公孙大娘分别是汉、唐时著名舞蹈家和剑术家。

少年游·六一儿童节

晨起遇一长列少先队员，当是参加六一活动，感而作。

红巾白衬映朝阳，
年稚目棱光。
春川驰马，
夏荷催藕，
风正助高樯。

寰球动荡中华定，
雁阵尽翱翔。
岁月苍苍，
先人血染，
青少早登航。

2020年6月1日

满江红·赠文宝兄[1]

文宝兄上海手术，不胜感慨。去京路上，思一生友情，成阕抒胸。

少小明灵、居寒室，
智商早结。
龙脉近、井中滋味，
六尺巷侧。
未至弱冠朝里暮，
方达不惑甜中乐。
有贤妻孝女绕膝孙，
甘忙碌。

三十载、时去疾、兄弟在、劫波斫。
令一头青发，
尽成白雪。
嬉子湖边夕照丽，
太仓岸畔朝霞彻。
待中秋披露举金樽，

邀明月。

2020年6月13日

注

①文宝乃桐城人，龙眠山、六尺巷等居家可见。

浪淘沙·连日大雨有感

数日泻倾盆，
草木低身。
覆巢倦鸟底时寻。
万线相连遮望眼，
仰见苍旻。

窗内坐孤人，
淡咏低吟，
难违上意少空嗔。
方避汗蒸嫌日少，
怎悟红尘。

2020年6月21日

七律·梅雨初晴有感

醉后酣浓另世身，
蒙眬两耳鸟啼晨。
连天骤雨春犹浅，
一日骄阳夏已深。
世事无常初有迹，
人生有命本无痕。
川前俯视东流水，
富贵于余似乱云。

2020年6月30日

七律·江南大雨兼七七事变纪念日有感

大水驱车立渚头，
滔滔神引忆卢沟。
西王箕伞[1]有时韧，
东寇屠刀何日柔。
血染山丘淹九派，
汗蒸水淖战三流[2]。
中华自古多鏖难，
未雨前瞻早设谋。

2020年7月7日

注

①西王箕伞：相传西海龙王所用降雨神伞形似簸箕。

②三流：芜湖主要的抗洪大河为长江、青弋江、水阳江。

沁园春·战洪灾

庚子兴妖，
新冠未定，
肆虐涌流。
正惊涛裂岸，
江河互撞；
风急云聚，
见树梢头。
桥路无人，
田园尽毁，
百里乡村空伫楼。
登高眺，
只汪洋一片，
鬼泣神愁。

主席昼夜筹谋，
胜洪险雄心壮过牛。
看千里堤坝，
群情鼎沸；
青年鏖战，
白发岂休？

神勇军兵，
汗挥血注，
健体拦墙力自遒。
金秋至，
指千畦沃野，
万姓丰收！

2020年7月23日

浪淘沙·繁昌新林[1]游

芳宝贤弟约亲友同游其家乡新林山村之别墅。真“中隐”[2]之妙处也。

平铺伴游闲，
车绕青山。
翠竹绿水裹轻岚。
身在五华[3]天尽处，
老母延年。

世事惧何难？
不忍归田。
白云生处自成仙。
枉叹不知身是客，
跬步行前。

2020年9月12日

注

①新林：现为平铺镇一地名，因用韵之需。

②中隐：大隐隐于市，中隐隐于乡，小隐隐于野。

③五华：即五华山。

虞美人·赠东吉兄

与东吉兄相识数十年，兄先于官衙、再涉商旅、现为诗人。近将赴外地，特题以赠。

曾经顶戴玑珠帽，
才气平生傲。
断崖破雪玉枝琼，
弃笔挥笈商海亦从容。

中年忽感桃源好，
远视江河邈。
《一家三口》[1]噪名时，
且把豪情都付报国诗。

2020年10月15日

注

①《一家三口》：芜湖市滨江公园有《一家三口》雕塑，东吉兄的摄影作曾名噪一时。该雕塑现为市民夏汛观测水情之标识。

七律·灵璧县虞姬文化园

到宿州市关工委考察学习，主人热情，邀游芳园，再现史事，不胜感慨。

虞姬墓侧久徜徉，
遥想当年绛紫裳。
盖世如山山欲裂，
倾情似水水将凉。
史书无奈分楚汉，
人际有心聚阴阳。
剑气鸿门千古憾，
乌骓无伴跃东梁[①]。

2020年10月22日

注

①东梁：东梁山（一名天门山），相传项羽坐骑乌骓于此跨越长江。

七律·广德探索太空发祥地

安徽省广德市之探索太空发祥地，乃我国航天事业之始端、杰出人才之摇篮。广德市关工委盛邀前往观瞻，深受教育，感航天人之丰功伟绩，即思而成。

隐隐茆林[1]神秘处，
沉沉耸矗六〇三[2]。
仁人热血凝清水，
志士忠魂化黛山。
垦宇牧星墨宙里，
飞身追月彩云间。
百年铸就航天梦，
刺破太空锷未残！

2020年11月10日

注

①茆林：安徽省广德市誓节镇茆林村。

②六〇三：即603基地。1960年3月，承担卫星和运载火箭研制工作的上海机电设计院选址安徽广德誓节镇，建立

了603基地。这是中国第一个探空火箭发射场，是我国最早的航天发射场之一，先后发射各种火箭30多枚。现为爱国主义教育基地。

卜算子·为东篱[1]题照

清水衬桥虹，
初雪新枝搂。
恰似掀帘看画墙，
远眺佳音候。

遥忆少年时，
苦尽甘长有。
青鬓长青舍妹谁，
才过黄花九[2]。

2020年11月18日

注

①东篱：宋菊芳，笔者四妹。

②上片写照片之景之人；下片以四妹一人而感兄妹四人之历程，然四妹犹常青，为兄已老矣。

破阵子·咏怀来①

昨至张家口之怀来县，此乃塞北与关内接口。关工委一行甚是热情，不由感慨而成。

梦里几回塞外，
寒风伴向怀来。
隆化英魂烟欲尽，
燕脉苍茫日正抬。
古城断旧埃。

翠岭屏南拱北，
长河阻冻淹霾。
万亩葡园枝叶聚，
千里清波鱼鹭谐。
何曾输海淮！

2020年11月20日

注

①怀来：张家口之怀来县，千年古城，人杰地灵。为董存瑞烈士家乡、官厅水库地、京城后花园、中国葡萄酒之乡。

后 记

当父亲和我说，由我来写《蔷薇集》的后记时，起初反应是惊讶了一番：因为在记忆中，父亲一直不希望我过多触碰文学。其实自小，我自认还是有几分文学天赋的，喜欢阅读赏析，对遣词造句和诗词歌赋也是颇有感应，可是父亲却一直不让我走上“文”的道路。他总是说，我天生性格敏感细腻，如若终日沉浸在文字里，更容易感情用事。而一个女孩子，如若总是感性，不易在社会上生存。他也总是说，自古才女多薄命。年少时不曾理解他这番话的意义，随着渐渐长大，在不断被生活暴击的过程中，面对每一个艰难的时刻，需要和自己作斗争、用理智去压过感情，需要一直去做艰难但是正确的事情，才仿佛开始明白了父亲当年的用心。

也许这就是“父亲”的意义所在，他用言传身教，用他的经验教训，让我看到更多的风景，尤其是在母亲去世之后。其实对于母亲去世之前和刚去世时候的一些细节，我都已经慢慢记不清了。这对最得意于“记性好”的我来说，很是奇怪，大概这就是心理学上的所谓“选择性失忆”。对于内心深处的巨大痛苦，选择忘记来保护自己。但是那种“失去全世界”的刻骨铭心，却长长久久地留在了心里。可能也正是这种“选择性失忆”，让我哪怕八年之后，都不愿意，或者是不敢，去面对曾经和妈妈有关的一切。比如，每次回家遇到妈妈最喜欢的服装店，还是会绕着走；偶尔在路上遇见和妈妈关系最好的闺蜜，也会连忙打个招呼逃走。有时候我会不敢想象，像爸爸这样依然活在这个熟悉的环境里，面对着时时刻刻有妈妈影子的点点滴滴，该如何自处。现在，我越来越领悟到：外表的达观、内心的悲苦，才是父亲的每一天；也或许，这就是《蔷薇集》的初心吧。父亲用他年轻时候的文学梦想，用他多年来都不曾有机会写下的文字，来面对和消化他的哀伤。很多时候，我从心底里佩服父亲这样的坚强与面对，毕竟逃避，是这个世界上大多数人的选择。

父亲选择的面对，并不轰轰烈烈，却有着一个平凡人在对抗生活最残酷的考验时，那种坚定而深沉的力量。当妈妈葬礼结束，送走前来吊唁的宾客，我躺在床上哭泣不已不肯吃饭时，爸爸对我说："只要我们不随妈妈一起去了，就要好好生活。而好好生活，就是从先认真吃好每一顿饭开始。"就是这句话，让我在后来的日子里，每当面对生活的巨大考验，或痛苦无奈时，找回了重新起航的支点。生活很多时候都是琐碎而枯燥的，也是艰难而磨人的，雄心壮志其实就蕴藏在一日复一日的坚持和自律中。"认真吃好每一顿饭"，就是对这种坚持和自律精神最平凡、最实际，却是很有效的践行。而父亲在母亲去世之后，也一如既往地保持着这样的自律。他本可以借酒消愁就此沉沦，但是他从"认真吃好每一顿饭"开始，日益精进厨艺，家里平日里清洁整齐，也开始逐步有了这本《蔷薇集》。一开始爸爸对我说"要写满100首诗词，如果有可能，就出版一本书"，打那以后，每一次回家，都多了一些新诗词。最初几年的文字以伤感和怀念母亲为主，后面的几年渐渐多了些别的主题，风格也多样了些，但是其中的坚持和自律，依然如一。

妈妈最喜爱蔷薇，曾听她说，早在乡村中学工作时，每年这个时节，她都和恋爱中的爸爸到田埂、河畔去欣赏、抚摸、采摘蔷薇花，共同沉浸在他们那特有的喜悦中。这就是爸爸这本诗词集名字的由来。如同此刻，当我在房间里书写，父亲在厨房里忙碌，外面明媚的五月天，这一切加起来，构成了几分“岁月静好”的意味。而这样的所谓“岁月静好”，尤其是在母亲去世后，也是由父亲的坚持和自律构筑而成的。就像蔷薇花，并没有牡丹的富贵，也没有百合的娇人；但是，她也是花中佳员、玫瑰至亲，艰难不屈、富贵不淫，架上可赏、野陌可生。在我心里，她日复一日地存在于阳光或风雨中，永远成为心里最踏实，也最明亮的颜色。

宋一凤

2021年5月4日